LES
REFLEXIONS
DE LA
MAGDÉLAINE
DANS LE TEMPS
DE SA PENITENCE.

Par M. PASCAL, Fille.

A PARIS,

Chez MARTIN COUSTELIER,
ruë S. Jacques, à la Teste d'or.

M. DC. LXXIV.
Avec Approbation & Permiſſion.

A MONSIEUR,
MONSIEUR
L'ABBE' DE BUSSEAUX,

ONSIEVR,

Cette sainte Penitente est si glorieuse, de l'approbation que Vous avez donnée à ses Reflexions amoureuses, qu'elle auroit justement murmuré contre moy, si je les avois dediées à d'autre qu'à Vous, comme Vostre modestie me le voudroit persuader. Cette humilité, MONSIEUR, me fit découvrir en Vous un si brillant caractere de la vertu, & de la

ã ij

Pieté, qu'elle me fortifia dans mon dessein, & en effet,

Avoir au printemps de voftre âge,
De fi rares dons en partage,
Avoir tant de fageffe, & tant de probité,
Eftre illuftre en Naiffâce, illuftre en Pieté,
Peut-on plus dignement recevoir un
hommage?

Les Dignitez fçauroient - elles Vous manquer, puis qu'outre les avantages d'une Naiffance fi Illuftre qu'elle Vous donne des Princes du Sang de France pour Alliez, Vous vous en rendez fi digne par l'éclat de Voftre fçavoir & de Vos vertus, que je fouhaite de Vous voir eflever avec autant de paffion, que j'ay de refpeét pour Voftre Perfonne, & que je fuis,

MONSIEVR,

Voftre tres - humble &
tres-obéiffante fervante,
FRANÇOISE PASCAL.

LES
REFLEXIONS
DE LA
MAGDELAINE
DANS LE TEMPS
DE SA PENITENCE.

CHAPITRE PREMIER.
De ses vanitez passées, & de sa conversion.

Q U'esperes-tu de moy? malheureux souvenir,
Qui viens toûjours m'en-
tretenir
De mes felicitez mondaines;

A

Va , souvenir persecutant ,
Mon cœur contrit , & penitant
N'a plus que du mespris pour les choses
humaines ,
En vain tu viens toûjours me les repre-
senter ,
Par quelque endroit que tu t'ex-
primes ,
I'y vois l'image de mes crimes,
Et je ne les vois plus que pour les de-
tester.

Esloignez-vous de moy , profanes Cour-
tisans ,
Vous de qui l'erreur vaine &
folle ,
Vous fit me regarder comme l'unique
Idolle ,
A qui vous deviez de l'encens ;
Mes yeux où vous trouviez des
charmes ,

Et dont vous éprouviez les dangereux
    attraits,
      Pour se punir de leurs forfaits,
Ne sont plus occupez qu'à l'usage des
    larmes ;
      L'amour Divin a triomphé,
      Et mon cœur n'est plus échauffé
      Que de l'ardeur qu'il y fit naistre
      J'ay plus de plaisir mille fois,
D'estre reduitte aux pieds de mon Sou-
    verain Maistre ;
Que je n'en avois eu de vous donner
    des Loix.

      Lors que je faisois mes delices
      De vos amoureux Sacrifices,
Que j'abandonnois tout à mes sens ré-
    voltez,
Et que mon cœur n'ageoit parmy les
    voluptez ;
      Par une force de la Grace,

Par un secret desir qu'elle vint m'inspi-
rer,
    Je repris tout d'un coup la trace,
Dont un demon trompeur m'avoit fait
égarer ;
    Je fus entendre ce Prophete,
Dont la sainte Doctrine enlevoit les
esprits,
Et qui des plus obscurs, & plus profonds
écrits ;
    Estoit le sçavant Interprete.

A son divin abord mon ame se troubla,
Le redoutable aspect de sa vertu suprême
    Me mit dans un desordre extrême,
    Et l'amour prophane en trembla ;
    La honte qu'il eut de parestre,
    Plein de vice, & d'impureté,
    En presence d'un si grand Maistre,
    Le fit aussi tost disparestre,

Et me laisser en liberté.

Mais quel pouvoir n'eust point cette
Bouche divine?

En nous expliquant sa Doctrine;

Et quel charme n'a point la parole d'un
Dieu?

Elle perça mon cœur de mille traits de
flâme :

Je fus vaincue avant qu'il sortit de ce
lieu,

Et quand il en sortit, il emporta mon
ame.

CHAPITRE II.

Ses reflexions sur les vanitez qu'elle foula aux pieds, & sur son entrée chez Simon le Lepreux.

VOus fûtes bien surpris, pernicieux
  Amans,
Lors que je méprisay vos vœux, &
 vos services,
  Et que j'abandonnay les vices
  Dont vous fûtes les instrumens.
  Dans la douleur vive, & pro-
 fonde,
Que me causa l'horreur de tant de maux
 commis,
  Le cœur repentant, & soûmis,
Je fus fouler aux pieds les vanitez du
 Monde;

Ces pompeux Ornemens que j'avois
    affectez,
Pour relever les traits, où vous vous
    laissiez prendre,
      Dans un moment furent ostez,
      Et du moins autant deteftez,
Que j'eus peu de regret de les reduire en
    cendre.

Mais pour toucher un Dieu ce n'eftoit
    pas affez,
Pour avoir fon amour il falloit eftre pure,
      Le cœur fans tache, & fans foüil-
    leure,
Et lavé par un Dieu de fes crimes paffez;
      Pour obtenir cét avantage,
Et pour le meriter, je mis tout en ufage,
Ne pouvant retenir cette fainte fer-
    veur,
Je fus dans la Maifon, où difnoit le
    Sauveur,

De son Divin feu prévenuë ;

Et ne me reglant plus que par ce mesme
feü ,

D'aucun respect humain je ne fus rete-
nuë ,

L'on eut beau murmurer de me voir en
ce lieu,

Au moment que je pûs joüir de cette
veuë ,

Tout le reste me toucha peu.

Aussi-tost que je fus entrée ,

J'allay d'un Onguent precieux ,

Oindre cette Teste sacrée ;

Chacun des Assistans tourna sur moy les
yeux ,

Et par une erreur sans seconde,

M'accusoient hautement de prodiga-
lité ,

Ignorant, faute de clarté,

Que cette liberalité
Se faisoit au Sauveur du Monde,
Ces aveuglez ne songeoient pas
Que l'Autheur de la Prophetie
Avoit envoyé le Messie,
Et que le Saint Messie, estoit de ce repas.

Pour moy, dont vos divines flâmes
Eclairoient les esprits, & consumoient
le cœur :
Moy, mon Adorable Vainqueur,
Je vous reconnoissois pour le Sauveur
des Ames ;
Et quand je vous offrois mes desirs &
mes vœux,
En arrosant vos Pieds, de deux ruis-
seaux de larmes,
Que j'essuyois de mes cheveux,
L'excez de ma douleur vous fit rendre
les armes.

Ces aveugles témoins furent bien estonnez,

Lors que pour soulager mon amoureuse peine,

    Vous me distes : Va, Magdeleine,
    Tes pechez te sont pardonnez.

❦

Vous oziez murmurer, témoins de mon bon-heur,

Vous doutiez du pouvoir du Souverain Seigneur,

    Vous ne creustes pas des Oracles

Prononcez par un Dieu si fecond en Miracles ;

Vous les aviez connus ses Miracles divers,

Et vous ne voyiez pas à travers leur Mystere,

    Briller le divin Caractere
    Du Monarque de l'Univers.

Si vous euffiez connu cette Vertu
secrette,
    L'on vous eût veu moins empê-
chez,
    De fçavoir fi ce grand Prophete,
    Pouvoit pardonner les pechez.

            CORRE

    Je vous laiffay dans l'ignorance
Entendre du Sauveur quelque docte
Sentence,
    Qui put éclairer vos efprits;
Et moy qui n'avois plus le monde qu'en
mépris,
Je n'eus plus de defir que pour la
Penitence.
    Je fus au fortir de ce lieu,
    Pleine de ma douleur profonde,
Faire encor plus d'efforts pour m'acque-
rir un Dieu,
Que je n'en avois fait pour m'aquerir le
monde.

CHAPITRE III.

Ses reflexions sur son nouvel estat,
& sur les visites du Sauveur.

APres avoir livré la guerre
A tous les plaisirs de la terre,
Magdelaine, ce fut alors,
Que ton divin Amant eut toutes tes
pensées,
Que tu fis souffrir à ton corps
La peine des fautes passées ;
Ce fut-là que pour chastiement,
D'avoir tant usé d'artifice,
Pour parure, & pour ornement,
Tu ne luy promis qu'un cilice ;
C'est-là, que méprisant les ouvrages de
l'art,
Et que n'affectant plus les attraits, & les
charmes,

Ton

Ton visage n'eust plus de fard
Que celuy de l'eau de tes larmes.

Ce fut dans ce nouvel estat,
Qui te fut comme un nouvel estre,
Sans artifice, & sans éclat,
Que tu gagnas le cœur, & l'amour de
ton Maistre ;
Il ne s'attachoit point aux beautez du
dehors,
Il demandoit d'autres tresors ;
Aussi quand tu brulas de sa divine flame,
Que la Grace eut fait naistre un si prompt
changement,
Dans le desir de plaire à ce nouvel,
Amant,
Tu t'appliquois incessamment,
A négliger ton corps pour embellir
ton ame.

O Dieu ! que le regret extrême,
Qui fit naiftre en ton cœur ce mépris de
toy-mefine,
Contentoit ce divin Sauveur !
Son ame en reffentoit une joye infinie,
Et pour nous combler de faveur,
Il venoit dans la Bethanie ;
Ha ! fouvenir doux, & charmant,
Que tu me flattes doucement !
Fut-il jamais bon-heur auffi grand que
le noftre ?

Un Dieu nous cheriffoit, ma Sœur,
mon Frere & Moy,
Ce Redempteur mangeoit parmy nous
comme un autre,
Il préchoit devant nous l'Evangile, &
la Foy ;
Et cet Autheur de la Nature,

Devant qui tous nos sens estoient exta-
siez,

En préchant le salut de la race future,

    Nous donnoit d'une nourriture,

Dont jamais nos esprits n'estoient raf-
sasiez.

❦❦❦❦

    C'estoit dans le temps que ma
    sœur

    Luy disoit : Hé ! quoy donc, Sei-
    gneur,

    Sera-t'il dit que Magdelaine,

Pour avoir dans soy-mesme un secret

entretien,

    Ne prenne le soucy de rien,

    Et me laisse toute la peine ?

Marthe, luy dit Jesus, l'on voit que

par le soin

    Qui te fait agir au besoin,

    Tu te plais dans la Vie Active ;

B ij

Mais laiſſe cependant Marie en liberté,

Elle a pris un party dans la Contem-
plative,

   Qui ne lùy ſera point oſté.

CHAPITRE IV.

Ses reflexions ſur la mort, & ſur
la Reſurrection du Lazare.

Je me ſouviens lors que Lazare,

Ce frere ſi chery de ma ſœur, & de
moy,

Subit, malgré l'excez d'une amitié ſi
rare,

Du tribut de la mort l'impitoyable
Loy;

Je me ſouviens encor combien je fus
troublée,

Combien mon ame estoit de douleurs
accablée,
  Pour un si sensible mal-heur;
  Que dans cet estat pitoyable,
Lors que je vis entrer mon Amant ado-
rable;
Je courus à ses pieds exprimer ma dou-
leur,
Et luy dis, en poussant une amoureuse
plainte:
Vous voyez le regret dont mon ame est
atteinte;
Seigneur, si vous fussiez icy venu d'abord
  Produire vostre Vertu sainte,
  Mon frere ne seroit pas mort.

Les cœurs estoient atteints d'une douleur mortelle,
Chacun versa des pleurs quand Lazare
expira:

Mais, qui n'auroit pleuré la mort de ce
cher frere,
            Puisque le Sauveur la pleura ?
            Quel avantage à sa memoire !
Vit-on jamais un mort couvert de tant
de gloire,
Et pour qui le Seigneur fit un si grand
effort ?
Bien que Lazare fut dans une nuit profonde,
            Qui n'auroit envié son sort,
            Quand on vit honnorer sa mort,
            Des larmes du Sauveur du monde ?

            Ces larmes furent succedées,
            Seigneur, d'un tel évenement,
            Qu'il confond mon entendement,
            Et la force de mes idées ;
Ce ne fut pas assez d'avoir versé les
pleurs,

Que vous vouluftes bien mefler à nos
douleurs ;
    Pour manifefter la puiffance,
La gloire, & la grandeur de ce Pere, &
de Vous,
    Qui n'eftes qu'une mefme Effence,
Vous forçaftes la mort, pour vous-mef-
me, & pour nous
    A vous ceder fans refiftance
Celuy qu'elle avoit fait expirer fous fés
coups ;
    Vous levaftes tous les obftacles,
Pour le faire fortir vivant de fon tóm-
beau,
Et l'on connuft à voir ce triomphe nou-
veau,
Que vous eftiez fçavant à faire des Miracles.

Quel efpoir nous eftoit refté ?
Ce corps dans une fepulture ;

De qui déja les vers faiſoient leur nour-
   riture,

Pouvoit-on eſperer qu'il revit la clarté ?

Cependant le Sauveur touché de noſtre
   peine,

Et par une vertu dont la force ſurprend,

     D'une authorité Souveraine,

Le demande à la mort, & la mort le
   luy rend :

Lazare reprenant le cours de ſes an-
   nées,

Ce prodige ravit les témoins de ce
   lieu,

Et leur fit avoüer qu'il falloit eſtre un
   Dieu,

Pour oſer renverſer l'ordre des deſtinées.

CHAPITRE V.

Ses reflexions sur la derniere visite que le Sauveur leur fit avec ses Disciples, apres la Resurrection du Lazare, & sur ce qui se passa pendant le repas.

AVant que la barbare, & lasche
    calomnie,
   D'une populace ennemie,
   Vous eut exposé sur la Croix,
   Vous revintes en Bethanie ;
Mais, mon Sauveur, ce fut pour la der-
niere fois ;
Vous daignastes encor honorer nostre
Table,
   De vostre Presence adorable ;
   Lazare duquel le destin
N'avoit pû côtre vous faire de resistance :

Ny furmonter voftre Puiffance,
Avoit auffi l'honneur d'eftre de ce
    Feftin ;
Mais je reçeus auffi le dernier avantage,
D'Oindre vos pieds facrez, avant voftre
    départ
        D'un precieux Onguent de Nard,
Qui d'un parfait amour eftoit le pur
    hommage ;
L'Odeur de cet Onguent fe faifoit
    admirer,
Il eftoit regardé comme un pieux Of-
    fice,
Et quand vous reçeviez ce jufte Sacrifice,
Le mal-heureux Judas ofoit en mur-
    murer.

            ❦❦❦

        Ce lafche monftre d'avarice,
        Pour colorer fon artifice,
S'écria : cet Onguent doit avoir trop
    coufté,

Pour estre mis à cet usage,
L'argent dont il fut achepté,
Devoit estre remis dans une main plus
sage,
Et les pauvres du moins en auroient pro-
fité ;
Mais le Scelerat effronté,
Indigne d'estre mis au nombre des Apo-
stres ;
Ce méchant, dont Satan estoit l'unique
appuy,
Conservoit bien souvent pour luy,
Ce qu'il faisoit semblant de souhaiter
pour d'autres ;
Pourtant, mon divin Redempteur,
Quoy que vous connussiez
l'Infame,
Jusques dans le fond de son ame ;
Vous n'en parlastes pas avec moins
de douceur,

Pagination incorrecte — date incorrecte

NF Z 43-120-12

Hé ! bien, luy diftes-vous, hé ! bien,
laiffe-la faire,
Son action vient de me plaire,
Ne luy dis rien, & juge mieux
D'un cœur qui fe lave, & s'épure;
Laiffe cet Onguent precieux,
Pour fervir à ma Sepulture;
Laiffe-la profiter du refte de mes jours,
Sans t'oppofer à fa tendreffe;
Vous aurez des pauvres fans ceffe,
Mais vous ne m'aurez pas toûjours.

Vous parliez, ô mon divin Maî-
tre,
De voftre douloureux trépas,
En la préfence de ce traiftre;
Mais l'on ne vous entendoit pas.
Cependant en ce lieu, l'on venoit en
grand nombre,

Voir

Voir Lazare reſſuſcité,
Et pluſieurs qui croyoient de n'en trouver
que l'ombre,
Demeurerent ſurpris de cette nouveauté.
Cette merveille ſans exemple,
Où brilloit la vertu de la Divinité,
Irrita les eſprits des Miniſtres du Temple,
Pas un de croire en vous n'en demeura
d'accord;
Ce qui leur devoit faire adorer voſtre
vie,
Et la garantir de l'envie,
Leur fit conſpirer voſtre mort.

CHAPITRE VI.

*Ses reflexions sur l'entrée du Sauveur
en Hierusalem, & sur ce qui se
passe au Jardin des Olives.*

HA ! Seigneur quel amour, quel
 excez de bonté,
 Vous fit entrer dans la Cité,
Qui renfermoit chez elle une raçe
homicide ?
 Vous sçaviez bien qu'à chaque pas
 Vous avanciez vostre trépas,
Puisque dans chaque Juif vous trouviez
un perfide :
 Vous sçaviez que sous ces manteaux,
Par qui vostre grandeur paroissoit
reverée,

Sous ces palmes & ces rameaux
Que chacun sous vos pieds étaloit par
monceaux ;
La rage des méchans vous estoit
préparée.

Que l'on en vit bien-tost les tragiques
effets !
Que depuis ce moment l'on vous laissa
peu vivre !
Pour prix de vos travaux, pour prix de
vos bienfaits ;
A vos fiers ennemis un perfide vous
livre ;
Ce lâche sans fremir d'horreur,
A ce peuple desja prévenu de fureur,
Se manifeste pour un traistre ;
Cette ame dont Satan fait mouvoir les
ressorts,
N'a ny scrupule ny remords,
De vendre le sang de son Maistre.

Helas ! vous l'aviez bien préveû,
Vous à qui rien n'eſt inconnu :
Mon Seigneur, que cette ame ingrate &
  mercenaire,
Renfermoit contre vous la haine dans
  ſon ſein ?
Vous pouviez renverſer ſon malheureux
  deſſein,
  Et pourtant vous le laiſſiez faire :
Le tragique tableau de voſtre paſſion,
Vous donnoit bien ſouvent une cruelle
F atteinte ;
Mais   vous   aviez   conclu   noſtre
  Redemption,
  Et cette réſolution
Alloit plus loin que voſtre crainte.

C'eſt dans le Jardin des Olives,
Où voſtre ame, Seigneur, ſent des
douleurs ſi vives,

Que le langage humain ne peut les
exprimer;
  La mort à vos yeux se presente,
  Sous une forme si sanglante,
Que voftre ame s'en doit juftement
allarmer;
Vous avez tant d'horreur de sa cruelle
veuë,
   Que voftre divin corps en fue;
  La vifion de ce tableau
  En fait couler le fang & l'eau;
Mais que ne voit-on point dans leurs
liquides traces?
Des fources qu'un excez de douleur
fait ouvrir,
  Pour un monde preft à perir,
  Sont autant de fources de graces.

CHAPITRE VII.

Ses reflexions sur le baiser que Iudas donna au Sauveur au Iardin des Olives, où il fut pris.

TV vins donc, ô malheureux traiſtre ?

Pour livrer le ſang de ton Maiſtre,
A l'aveugle fureur d'un nombre de Soldats :

L'approche de cette victime
Te faiſoit desja voir ton crime,
Barbare, & tu n'en tremblois pas ;
Par un inſolent privilege,
Ta bouche impure, & ſacrilege,
Au moment que tu fus entré,
Oza bien approcher ce viſage ſacré ;
Par des careſſes apparentes ;

Et d'un baiſer empoiſonné,
Toy, méchant, que la grace avoit
abandonné,
Tu crus par ce baiſer perfidement
donné,
Offuſquer du Sauveur les clartez
penetrantes.

❧❀❧

Par cette ſublime vertu,
Dont ſon ame eſtoit ſi remplie,
Il reconnut ta perfidie,
Lors qu'il te dit; Judas, pourquoy me
trahis-tu?
Sa rage vous eſtoit connuë,
Seigneur, & cependant voſtre heure
eſtoit venuë,
Vous ne ſongiez plus qu'à mourir;
L'enfer avoit desja déchainé ſes furies,
Et ſes plus noires barbaries,

Pour inventer les maux que vous deviez
   souffrir,
     Helas quelle estrange avanture !
     L'unique Fils de l'Eternel,
     Est traisné comme un criminel,
Et cette indignité fait fremir la Nature.

Mon deplorable Amant ! lors que vous
   fustes pris,
Qu'un grand bruit m'en apprit la funeste
   nouvelle,
Ce malheur impreveu vint saisir mes
   esprits,
Et mon cœur fut frappé d'une atteinte
   mortelle :
     J'aprenois que ces inhumains,
     Qui vous trainoient entre leurs
     mains,
     Depuis le Jardin des Olives,
Ne vous avoyent laissé ny tréve ny
   repos;

Et qu'ils adjoûtoient tant de maux
A des injures excessives:
Ha! que ne m'estoit-il permis,
Au fort de la douleur dont j'estois agitée
Autant qu'à ce desir je me sentois portée,
D'aller parmy vos ennemis,
Faire tourner sur moy leurs sanglants
Sacrifices:
Helas qu'il m'auroit esté doux,
Si j'avois pû souffrir pour vous,
Toute la peine des supplices,
Que vous alliez souffrir pour nous!

Mais les supplices, & la peine
Que l'on vous fit souffrir de moment en
moment,
Seigneur, estoient apparamment
Au dessus de la force humaine,
Ce fut cette vertu de la Divinité,
Dont vostre ame estoit toute pleine,

Qui faifoit fes efforts pour voftre
   humanité ;

Vous fçaviez bien, mon Dieu, que ma
   foible nature,

N'auroit pû fi long-temps endurer la
   torture,

     Ny le genre de cruauté,

'Auquel ces malheureux s'excitoient l'un
   & l'autre;

Mais helas! quand j'aurois enduré le
   trépas,

Il n'auroit rien produit pour les maux
   d'icy bas,

     Car tout mon fang ne valloit pas
     Une feule goûte du voftre.

CHAPITRE VIII.

Ses reflexions sur la flagellation, &
sur le couronnement du Sauveur.

Vous qui devez vn jour juger tout
l'Univers,

Qui devez punir les pervers,

Vous estes amenez devant un Juge
inique,

Qui ne demeure point d'accord,

Que vous soyez digne de mort,

Et qui vous abandonne à la rage
publique,

Qui pour se conformer à leur brutalité,

Souffre que vous soyez cruellement
foüetté;

Ces monstres de l'enfer que la rage
possede,

Dans cét acte sanglant ne font point
  d'intermede;
    Tout se plaist à vous déchirer,
Quand un bourreau se lasse, un autre luy
  succede,
Et ne vous laisse pas le temps de respirer;
Leurs forces sont enfin au bout de leur
  science,
    Mais, Seigneur ! vostre patience
    A toûjours celle d'endurer,

        ☙❀☙

    Prodige difficile à croire
Ce Fils dont l'Eternel fait sa felicité,
Qui partage avec luy le trône de sa gloire,
Et le Regne puissant de l'Immortalité;
Luy qui voit à ses pieds tant de legions
  d'Anges,
Qui ne cessent jamais de chanter ses
  loüanges :
Qui n'a que du respect de ces divins
  Esprits,

Se voit icy traité de coups, & de mépris,

Ce front qui découvroit tant de graces

divines,

Où brilloit tant de majesté,

N'a qu'une couronne d'épines

Dont il est tout ensanglanté;

Decouvre-t'on encor le Monarque

suprême,

Dans cette image du trépas,

Dans cet objet sanglant? seroit-ce encor

luy-mesme?

Helas ce l'est encor! & si ce ne l'est pas.

Ce n'est plus qu'un objet de l'inhumanité,

Les crachats, les coups, les

soüilleures,

Le sang coulant, les meurtrissures,

Ont confondus les traits de sa Divinité;

Et quoy que sa vertu n'ait pas moins

d'avantage,

D

De puissance, & d'authorité,
Qu'elle en eut avant tant d'outrage,
Comme noftre falut commence à
s'ébaucher,
Par ce precieux Sang qu'elle laisse
épancher,
Elle veut que la mort achéve cét ouvrage.

Dans un eftat fi déplorable,
Pour toucher de pitié ce peuple furieux,
Pilate l'expofe à fes yeux,
Mais ce peuple eft inexorable;
Malheureux, dont l'aveuglement,
Me fait fremir d'horreur dans mon
eftonnement !
L'enfer offufque tes lumieres,
Pour t'empefcher de découvrir,
Que ce fanglant objet, eft le Dieu de tes
peres;
Il n'eft ici venu que pour te fecourir;

Et dompter des enfers la fureur, &
l'envie ;
  Il vient pour te donner la vie,
  Et tu vas le faire mourir.

Helas n'estoit-ce pas assez !
De voir de vostre corps les beaux traits
  effacez ?
N'estoit-ce pas assez, mon cher & divin
  Maistre !
    De voir tant de maux à la fois ?
    Faut-il vous voir encor paroistre
    Chargé d'une pesante Croix ?
    Vostre Sainte & dolente Mere,
En vous voyant passer dans ce funeste
  estat,
    Son cœur se saisit, & s'abbat ;
Et je joints ma douleur, à sa douleur
  amere ;

Nous sentons toutes deux ce qu'on peut
ressentir,

Je mesle tristement mes plaintes à ses
plaintes :

Et nos ames au fort de leurs vives
atteintes,

Estoient à tous momens sur le point de
partir.

CHAPITRE IX.

*Ses reflexions lors que le Sauveur fut
mené & crucifié sur le Calvaire.*

CE fut là le dernier supplice,
Ce fut là le tragique lieu,
Où l'on vit achever le sanglant Sacrifice,
Que ces Soldats pervers firent du Fils de
Dieu ;

Helas Vierge ! dans ces alarmes,

Dans un si sensible malheur,
Le trop grand excez de douleur,
Vous osta l'usage des larmes;
Vous voyez vostre Fils attaché sur la
Croix;
Et moy je voy en luy ce que mon cœur
adore;
Celuy pour qui je sens un feu qui me
devore,
Et j'en suis comme Vous, presque dans
les abois;
Mon cœur partageant Vos disgraces,
Comme Mere de mon Sauveur,
Sans cesse je suivois vos douloureuses
traces;
Vierge, & vous m'accordiez cette triste
faveur.

❦❧

Vous fustes, ô mon Maistre, aux yeux
des spectateurs,

Eslevé sur la Croix entre deux mal-
   faicteurs,

Vous, mon Dieu, la Justice & l'Innocence

   mesme ;

Aprés vous avoir fait long-temps souffrir

   à tort,

      Un moment avant vostre mort,

Chacun d'eux contre vous use encor de

   blasphême ;

Aprés avoir commis tant d'inhumanité,

      Contre vostre grandeur suprême,

L'on brave impunément vostre Divinité;

Mais loin de vous vanger de tant

   d'indignité,

      Quand cette engeance de vipere,

A de vous mal-traitter l'asseurance, &

   le front,

Vous leur jettez encor un regard

   debonnaire,

Et vous dites tout haut, Pardonnez-leur
    Mon Pere,
      Car ils ne sçavent ce qu'ils font.

⁂

Ha Vierge ! ce cher Fils, cét objet de nos
    veux,
Va rendre à l'Eternel son Esprit bien-
    heureux ;
Helas ! mon Redempteur, dans cette
    conjonƈture,
Quel estoit le plus fort ; l'Amour, ou la
    Nature ?
Chacune de nous deux vous voit dans
    le tourment,
Chacune en cet estat, tristement vous
    contemple,
Estre le Fils de l'une, & de l'autre
    l'Amant,
Vous aymer toutes deux, d'une ardeur
    sans exemple ;

Et toutes deux vous voir sur la Croix
    expirant,
    Nous regarder d'un œil mourant;
Quelle douleur devoit estre la plus
    pressante,
    Et quel regret estoit plus grand,
Ou celuy de la Mere, ou celuy de
    l'Amante.

Tandis que ces méchans se repaissent
    les yeux;
    De ce triste & sanglant ouvrage,
    De la furie & de la rage,
Et que j'en contemplois les restes
    précieux,
Ce Dieu las & mourant dit que la soif
    le presse,
Il le dit d'une voix qui marque sa
    foiblesse.
    Mais quel outrage Dieu du Ciel!

La bouche qui prefcha pour le falut des
ames,
Cette fource d'amour, de nectar & de
miel,
De la main d'un de ces infames
Reçoit du vinaigre, & du fiel.

❧❀❧

Dans le moment que vos fidelles,
Eprouvent de vos maux les atteintes
mortelles,
Que leurs profonds foûpirs volent
jufques à Vous,
Dans le temps que chacun de nous,
Fait retentir ces lieux de leurs plaintes
funebres,
L'Aftre du jour s'éclipfe, il s'éffraye, &
gémit,
L'Univers eft remply d'horreurs & de
tenebres,
toute la nature fremit,

De voir agonifant le Redempteur du
monde,

Tout eft enfevely dans une nuit profonde;

C'eft là que ces Soldats pervers,

Jugeans bien que ce grand revers,

Venoit d'une caufe divine,

En fortans confus de ce lieu,

Difoient en frappant leur poitrine,

Cet homme eft vrayment Fils de Dieu.

Lors que vous ceffâtes de vivre,

Seigneur, Marie, & moy ne cherchoient
qu'à vous fuivre,

Et ne demandoient que la mort;

Mais pour efteindre noftre vie,

La barbare avoit fait un fi puiffant effort,

Qu'elle en devoit eftre affouvie;

Apres vous avoir mis dans la nuit du
tombeau;

Vous qui donnez le jour à tout ce qui
refpire,

Apres un triomphe si beau,

Elle s'enfle d'orgueil, dans son lugubre

Empire,

La cruelle nous l'interdit,

Sa porte à nos souhaits ne pouvant estre

ouverte,

Nous eusmes tout le temps de regretter

la perte,

Du Tresor qu'elle nous ravit.

CHAPITRE X.

Ses reflexions sur la descente de
la Croix.

AUssi-tost qu'il nous fust permis,
Malgré vos cruels ennemis,
De vous donner la sepulture,
L'on vous descendit de la Croix;

Mais ce n'eſtoit plus là le Corps du Roy
  des Roys,
Ce n'eſtoit plus que l'ombre, & la triſte
  peinture,
    De ce qu'il eſtoit autre-fois,
    Ces vives ſources de lumieres,
    Ces yeux à leur divine ardeur,
    Dont les feux embraſoient mon
      cœur,
    Eſtoiẽt eſteints ſous leurs paupieres,
Les horreurs de la mort terniſſoit leur
  clarté;
    Cette bouche ſainte & diſcrette;
    Ce Temple de la Verité,
    Eſtoit inſenſible, & muette,

Helas! mon Redempteur, qu'eſtoit-ce
  alors de vous?
    Vos ſaintes mains eſtoient percées,
    L'on voyoit la place des cloux,
               Dont

Dont elles furent traversées,

Ces pieds que j'avois tant arrosé de mes
pleurs,

Ces pieds où s'estoit tant extaziée mon
ame,

Lors que je leur donnois des baizers tout
de flame,

Avoient comme vos mains la marque
des douleurs,

Qui firent de vos jours précipiter la
trame;

Tandis que vostre esprit triomphe des
Enfers,

  Et nous détache de leurs fers,

   Tandis que par cette victoire,

   Leur vain orgueil est chastié:

Tandis que vostre esprit revient couvert
de gloire,

Vostre corps n'est icy qu'un objet de
pitié.

Que de regrets, O Vierge Sainte !
Qu'à vous voir seulement on avoit l'ame
atteinte !
Ce glaive douloureux qui perçoit vostre
cœur,
Cet air mourant, cette langueur,
Ces yeux sombres, & ce front blême,
Quand vous voyiez ce corps privé de
sentiment,
Nous faisoiét croire à tout moment,
Que vous esties morte vous-mesme;
Car sans vous amuser à des cris superflus,
Lors que ce divin Fils estoit sur le
Calvaire,
L'on ne pouvoit juger lequel souffroit
le plus,
Ou le corps de ce Fils, ou l'ame de sa
Mere.

Nature, vis-tu tant d'outrages,
Sans nous faire entendre tes cris?
Pus-tu voir ce sanglant débris,
Du plus parfait de tes ouvrages?
Fus-tu pour lors sans mouvement?
N'y pouvois-tu point mettre
obstacle?
Pus-tu voir ton plus grand miracle
Se détruire dans un moment?
Pouvois-tu bien nous voir dans ces dures
allarmes,
Estre tous occupez pres de ce divin
Corps
A pousser des soupirs, à répendre des
larmes.
Faire de nos regrets de si tristes accords?
Voir cette sainte Mere, immobile, &
mourante?
Jean, le Disciple bien-aimé,
Paréstre en cet estat un corps inanimé?
Magdelaine comme expirante?

Helas ! pouvois-tu voir un Dieu presque
  inhumé,
Nature, & n'estre pas toy-mesme
  agonizante ?
    C'estoit pour lors, Iuifs inhumains,
Si vous estiez venus voir ces vivantes
  souches,
    Que vous eussiez, ô cœurs farouches,
Repus encor vos yeux du meurtre de vos
  mains.

❦

    Vous auriez veu l'acte pieux,
    De deux hommes officieux,
Vous les auriez veus là, qui pleins de
  reverence,
    Tous deux prosternez à genoux,
Lavoient ce sacré Corps tout percé de
  vos coups,
Ce Corps qui contre vous crioit au Ciel
  vangeance,

Vous l'auriez encor vû par vos mains
diffamé,
    Estre par les leurs embaumé,
    Et recevoir autant d'hommages,
    De vœux, & de soûmission,
    Comme il avoit reçeu d'outrages,
    Pendant toute sa Passion.

CHAPITRE XI.

Ses reflexions sur la Résurrection du Sauveur.

APrés que mon divin Amant,
    Fut couché dans le monument,
    Aprés qu'avec un deüil extréme,
L'on eût ensevely la moitié de moy-
mesme
    Durant l'espace de deux jours,

Mes pleurs & mes soûpirs eurent un
   mesme cours ;
     Et devançant un jour l'aurore,
Mon amour vers ce lieu me fait
   précipiter ,
     Moy qui ne songeois pas encore,
     Que ce corps dust resusciter ,
Je cours à ce cercueil , où l'ardeur qui
   m'enflame ,
Et la vive douleur qui traverse mon sein,
     Me fait proposer le dessein ,
D'embaumer ce saint corps , & d'y laisser
   mon amé.

❧❀❧

Lors que mon ame sent cette amoureuse
   envie ,
     Et que mes yeux fondent en eau,
     Mon cœur vole vers ce tombeau, I
Qui renferme chez luy la moitié de ma
   vie :

Mais, ô Dieu! quel malheur à mes yeux
   est offert?
     Je trouve le cercueil ouvert,
     Mon ame en est toute saisie,
     Les deux suaires sont encor,
     Où gizoit ce divin trésor;
     Mais ne l'y voyant plus paroistre;
     Pleine de douleur & d'effroy,
Je m'écriay: Bon Dieu! quelle perte pour
   moy?
     L'on a pris le corps de mon Maistre.

     Cette perte non attenduë,
     Me fit courir toute éperduë,
Jusques à Pierre & Jean, pour les en
   avertir:
Quand le bruit de ma voix eut frappé
   leur oreille,
     Aussi-tost je les vis partir,
     Pour aller voir cette merveille,
               E iij

Pouſſez de leurs deſirs ardens,
Ils courent au ſepulchre , & regardent
    dedans ;
    Et ne découvrent que la trace,
Les linges , & l'heureuſe place,
    Où ce ſaint corps avoit eſté ;
    Ils commencent pour lors à croire,
Que le Sauveur du monde étoit reſuſcité,
Et qu'il eſtoit desja remonté dans ſa
    gloire.

Alors ces deux heureux Apoſtres ,
Remplis de leurs divins tranſports,
    Courent pour annoncer aux autres,
Que le Seigneur eſtoit reſſuſcité des
    morts ;
Et moy de ma douleur toûjours
    préoccupée,
    Je ne fis point reflexion
    Sur cette Réſurrection ;

La memoire pour lors m'en estoit
échapée ;
Et ne pouvant sortir de mon aveuglemēt,
En demandant toûjours mō Maistre,
Je regardois encor au sonds du monumēt,
Comme si depuis un moment
Ce divin Corps dust y renaistre.

CHAPITRE XII.

Ses reflexions sur l'apparution qu'el-
le eut premierement des deux An-
ges dans le Sepulchre, & de cel-
le du Sauveur sous la forme d'un
Iardinier.

EN me plaignant toûjours comme
fait la colombe ,
A qui l'on a volé l'objet de son amour;

Deux Anges plus brillans, & plus beaux
  que le jour,
M'apparurent tous deux aſſis deſſus la
  tombe,
    Tous deux touchez de mes douleurs,
Daignent me demander la cauſe de mes
  pleurs ;
    Moy qui dans ce moment ignore
Qu'ils fuſſent du Très-haut les celeſtes
  Commis,
Je reponds : l'on m'a pris le Sauveur que
  j'adore,
    Et je ne ſçay où l'on l'a mis.

    Tandis qu'une douleur ſi forte,
  Me met dans un égarement,
    Qui m'aveugle & qui me tranſporte,
  Vous vintes, mon divin Amant,
Vous vintes en ce lieu pour mon
  ſoulagement,

Vous sçaviez le sujet de mes justes
allarmes,
Et vous me demandiez la cause des mes
larmes,
Vous sembliez en estre surpris;
Et moy dont la douleur extréme,
Avoit saisi les sens, & troublé les esprits;
Ie vous demandois à vous-mesme,
Iusques à ce moment rien ne me consola,
La source de mes pleurs ne s'estoit point
tarie,
Mais enfin, mon Sauveur, de ma
mourante vie,
Vostre Ame fut touchée, & vostre
amour parla,
Quand vous m'appellastes Marie,

Ha! quelle surprise pour moy,
De revoir mon Maistre & mon Roy!

Je le vois de la fiere Parque

Triomphant & victorieux,

Revestu d'un corps glorieux,

Avec tout l'appareil du suprème

Monarque ;

C'est à ses pieds sacrez où mon raviffe-

ment,

M'oste presque le sentiment,

L'extaze de mes sens me tient la bouche

close ;

Mondain plaisir, mondain transport,

Que vous avez peu de rapport,

A ceux que produisoit cette divine cause!

✺✺✺

O celestes plaisirs ! ô momens bien-

heureux !

Que vous semblastes courts à mon cœur

amoureux ?

Mais vous estiez trop grans pour la foi-

blesse humaine,

Que

Que vous sçeutes aussi les faire peu durer,

Mon divin Redempteur ; vostre voix

    Souveraine,

    M'en fit aussitost retirer ;

Et ce ne fut aussi que cette voix puissante,

    Au fort de ma felicité,

Qui sçeut user des droits de son authorité,

En me faisant quitter la place ravissante,

Où je me desirois toute une éternité.

    Je fus par son commandement,

    Apprendre à la Troupe fidelle,

    Cette surprenante nouvelle,

    Qui les remplit d'étonnement,

Mais ils jugent plûtost à lors que je

    m'écrie,

Que nostre Redempteur avoit repris la

    vie,

    Que ce que je viens annoncer,

F

Et tout ce que ma bouche en oſé,
     prononcer,
          Eſt une pure réverie;
Ils doutent d'un bonheur qu'ils n'avoient
     point préveu,
          Et leurs trop injuſtes ſcrupules,
          Me les font traitter d'incredules,
          Seigneur, car je vous avois veu,

          Pour faire voir, ô Dieu ſuprême,
          Que voſtre Réſurrection,
          N'eſtoit point une fiction,
          Vous leur apparuſtes vous-meſme;
          Cette ſainte apparition,
Remplit leurs cœurs de joye, &
     d'admiration;
Leur trouble eſt agreable, & leur plaiſir
     extrême;
Ce myſtere inoüy les charme, & les
     ſurprend;

Autant qu'il devoit les surprendre,
Et leur parut d'autant plus grand,
Que pas un ne le put comprendre:
Mais après avoir parmy nous,
Rendu voſtre grandeur celebre, & ma-
nifeſte,
Vous remontez, Seigneur, dans l'Empire
Celeſte,
Où nos cœurs vollent après vous.

Enfin, depuis le jour qu'auprès de
l'Eternel,
Vous fuſtes occuper le Trône Paternel,
Dans les lieux les plus ſolitaires,
Je n'ay d'autre occupation,
Que dans la contemplation,
Seigneur, de vos divins miſteres;
J'admire de ce Tout l'ordre ſi bien uny,
Cette grandeur immenſe, & cet Eſtre
infiny,

Du saint Verbe incarné pour le salut du

Monde,

J'adore sa vertu profonde,

Je me fais dans ces doux momens,

De la gloire eternelle, une si haute Idée,

Que mon ame en estant vivement

possedée,

Se perd dans ses ravissemens,

❦

❦

Ainsi, mondains appas, vous estes abusez,

Maintenant que je vous abhorre,

Si vous osez prétendre encore,

De vaincre des desirs qui vous sont

opposez,

Ces desirs que mon divin Maistre,

Dans un moment sçeut faire naistre,

Cet amour dont mon cœur fait son

Souverain bien,

Je sçauray m'acquerir par des ardeurs si

belles,

Des felicitez éternelles,
En m'éloignant de vous qui ne promettez
rien.

Et vous malheureuse beauté ;
Qui loin de mettre voſtre eſtude,
A chercher le chemin de la Beatitude,
Allez par vos mondanitez
Dans les feux éternels à pas précipitez,
Sans vouloir prévenir une peine ſi rude,
Lors que vous approchez ce mondain
appareil,
Ces divers ornemens qu'eſtale une
toilette,
Et cette glace à qui vous demandez
conſeil,
Tant que la vanité puiſſe eſtre ſatisfaite,
Conſiderez plûtoſt la Croix,
Jettez, jettez plûtoſt les yeux ſur le
Calvaire,

Vous verrez un miroir du Sauveur aux
abois,
Qui vous conseillera ce que vous devez
faire.

Qui veut connoistre le vray bien,
N'en doit point examiner d'autre,
Ce miroir admirable est mon seul
entretien;
Vous pouvez en faire le vostre:
Si vous estes ce que je fus,
Quand je m'élognois des vertus;
Soyez ce que je suis depuis ma
repentence,
Faites pour vous sauver les efforts que
je fais,
Puisque le Ciel ne peut jamais
S'acquerir sans la pénitence.

FIN.

APPROBATION.

J'Ay lû ces Reflexions de la Magdelaine. Fait ce 16. Mars 1674.
M. GRANDIN.

PERMISSION.

PErmis d'imprimer. Fait ce 17. de Mars 1674.
DE LA REYNIE.